中国童话绘本编辑委员会（以姓氏笔画为序）

王 慧 冰 波 何 勇 张秋生 张锦江 杨文华 陆 弦 贾立群

图书在版编目(CIP)数据

100层楼窗口的月亮 / 刘保法文；杨施惠图. -- 上海：上海教育出版社, 2017.8

（中国童话绘本）

ISBN 978-7-5444-7767-3

Ⅰ.①1… Ⅱ.①刘…②杨… Ⅲ.①儿童故事 - 图画故事 - 中国 - 当代 Ⅳ.①I287.8

中国版本图书馆CIP数据核字(2017)第192280号

中国童话绘本

100层楼窗口的月亮

作　者 刘保法/文　杨施惠/图	**邮　编** 200031
策　划 中国童话绘本编辑委员会	**发　行** 上海世纪出版股份有限公司发行中心
责任编辑 杨文华 李 航	**印　刷** 上海盛通时代印刷有限公司
书籍设计 周 吉	**开　本** 787×1092 1/16
封面书法 冯念康	**印　张** 2
出版发行 上海世纪出版股份有限公司	**版　次** 2017年8月第1版
上海教育出版社	**印　次** 2017年8月第1次印刷
官 网 www.seph.com.cn	**书　号** ISBN 978-7-5444-7767-3/I·0076
易文网 www.ewen.co	**定　价** 25.80元
地　址 上海市永福路123号	

100层楼窗口的月亮

刘保法/文　杨施惠/图

上海教育出版社
SHANGHAI EDUCATIONAL
PUBLISHING HOUSE

天空飘雪花了，红松鼠变得心事重重。她不能
不担心——她的好朋友月亮，正在风雪中受冻呢！

自从红松鼠一家搬到100层楼住以后，红松鼠就和
月亮成了好朋友。红松鼠看到月亮就在自己的窗口，好
像一伸手就能摸到……

"月亮姐姐好呀！您怎么离我家这么近呢？"
"因为你家住100层楼呀！"月亮笑眯眯地说，
"住得高，就离我近了。"

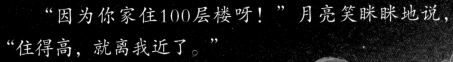

从此，每天晚上红松鼠写作业的时候，月亮就静静地看着她；红松鼠的写字桌被照成银白色，连灯也不需要点亮。

红松鼠寂寞时，就跟月亮聊天，讲故事，说笑话……这样的日子真快乐！

可是转眼冬天就来了，天气越来越冷。红松鼠心疼极了，她请月亮到自己房间里来取暖。可是月亮说不行，她不能离开岗位，否则全世界都会恐慌的……

怎么办呢？红松鼠
就为这事心事重重……

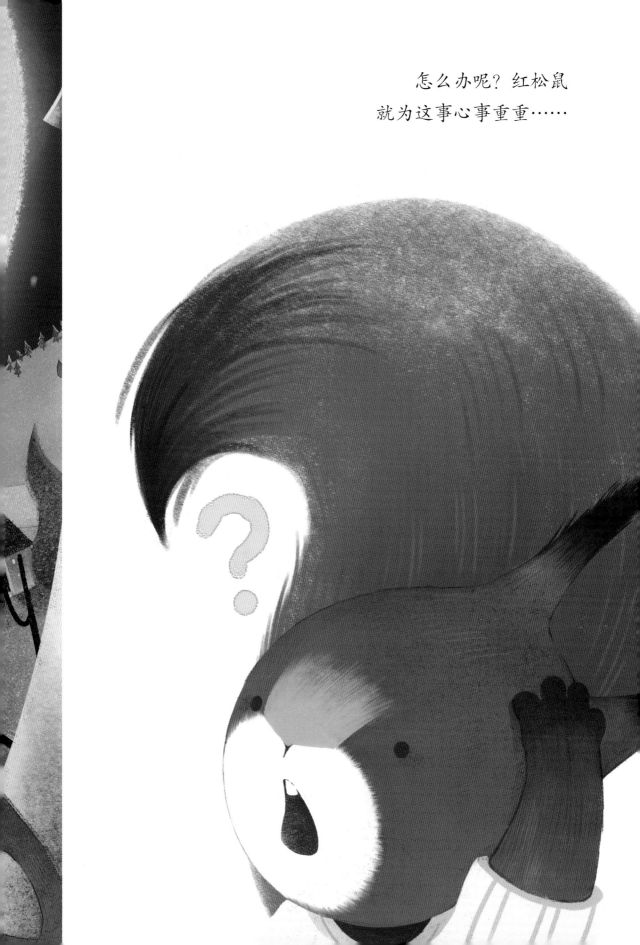

忽然，她看见爷爷奶奶、爸爸妈妈坐在沙发上看电视，他们都穿着漂亮的花瓣衣服。红松鼠眼睛一亮，这不是她去年给他们缝制的花瓣衣服吗？

原来，红松鼠早就学会了做花瓣衣服。每年春天，她会去森林采集花瓣，晒干后收藏。

秋天落叶的时候，
她就去森林收集松针。

然后，她就用松针缝制花瓣衣服。她给爷爷奶奶、爸爸妈妈缝制过花瓣衣服，给老师和同学们缝制过花瓣衣服……大家都夸她的手巧，缝制的花瓣衣服又漂亮又暖和！

　　对呀，给月亮姐姐也缝制一件花瓣衣服，
她就不会受冻了！

　　红松鼠兴奋地欢呼起来，她觉得自己能想
出这么好的办法，真的是很聪明。

红松鼠仔细打量了一下月亮的身材，就开始缝制花瓣衣服。她忙了一整天，终于缝制成一件又漂亮又暖和的花瓣衣服。

可是月亮一试，衣服小了点，因为月亮长胖了一点。

"不好意思，明天我再重新做一件。"

红松鼠又忙了一整天，又缝制成一件大一点的花瓣衣服。

可是月亮一试，衣服又小了一点，因为月亮又长胖了一点。

"不好意思，明天我再重新做一件。"

红松鼠又忙了一整天，又缝制成一件更大一点的花瓣衣服；可是月亮一试，衣服还是小了一点，因为月亮又长胖了一点……

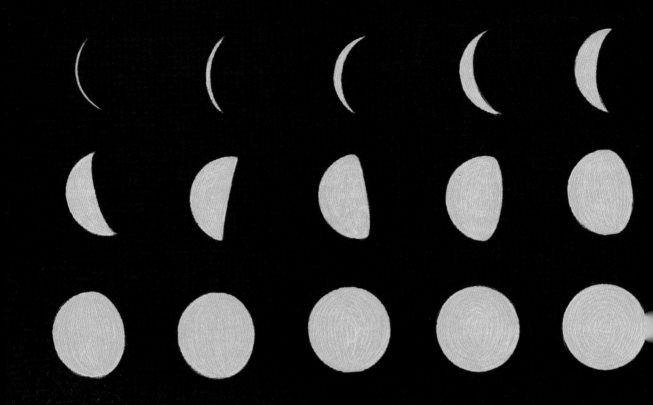

　　现在清楚了，如果红松鼠一直照月亮昨天的身材缝制衣服的话，那么都会小一点，因为月亮每天都会长胖一点；到第15天的时候，月亮已经胖得像个大圆球了！

红松鼠急得哭了。
这是为什么呢？……

第二天晚上，出人意料的事情发生了——月亮竟然穿着红松鼠缝制的花瓣衣服，笑眯眯地来到红松鼠的窗口！

　　红松鼠又惊又喜："15件花瓣衣服不是都小了点吗？为什么这件衣服那么合身？"

　　"因为我又要开始变瘦了。"月亮呵呵笑着，"今天穿一件最大的衣服，明天再穿一件小一点的衣服……15天后，我重新开始长胖，再从最小的衣服穿起，一直穿到最大的那件衣服。呵呵，一个月里，不是每天都有花瓣衣服穿了吗？"

"原来是这样呀！"红松鼠恍然大悟。

"所以说，你为我缝制的15件花瓣衣服并没有白做，都很合身，而且漂亮暖和！"

红松鼠忍不住"扑哧"一声笑了……

这天晚上，红松鼠睡得很香。她知道，月亮姐姐再也不会受冻了。

100层楼窗口的月亮，穿着红松鼠缝制的花瓣衣服，比以前更美了……

刘保法

中国作家协会会员，上海作家协会第四至第八届理事。曾任上海少年报社文艺部主任、《好儿童画报》主编、中国少儿报刊协会低幼专业委员会主任、上海作家协会儿童文学委员会副主任。已发表文学作品600多万字，出版图书50多本。先后获得80余项文学奖。十几篇散文、童话入选中小学教材。

杨施惠

2016年毕业于大连工业大学，现居北京。视觉中国签约插画师，多次于设计师社区插画赛事中获奖。喜欢读有温度的故事，画有感情的画，过有童心的生活。希望这本《100层楼窗口的月亮》能带小朋友和大朋友们走进红松鼠和月亮姐姐温暖的雪夜星空。

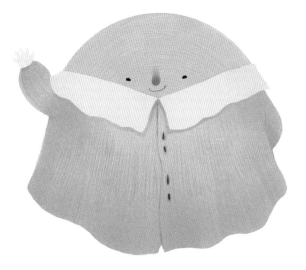